개구멍을 뚫어라

문은아 글 · 불곰 그림

 노란상상

차례

멍!

나는 개.

인간들은 '뭉치'라고 부르지만 나는 스스로 '시베리안'이라는 이름을 지었다.

견종이 시베리아허스키냐고? 아니다.

하지만 내 몸엔 시베리아허스키의 영혼이 새겨져 있는 게 분명하다.

그러니까 용맹하게도 개구멍을 뚫은 1호 강아지가 되었지.

도대체 어떻게 된 일이냐고? 궁금하면 따라와.

멍!

승찬이 이야기

형과 나

느닷없이 형이 생겼다.

형 있는 애들이 부러웠는데, 막상 생기고 나니 전혀 아니다.

"지각이다!"

서둘러 티셔츠를 주워 입으며 오른손을 식탁으로 뻗었다. 내가 제일 좋아하는 계란찜을 향해서.

형한테 선수를 빼앗겼다. 식탁에 앉아 있던 형이 계란찜에 먼저 숟가락을 꽂았다. 형이 오기 전까지 계란찜은 언제나 내 차지였는데…….

푸시시 꺼진 계란찜처럼 기분이 가라앉았다.

"깨울 때 일어나지 그랬어."

새참 챙기느라 바쁜 엄마가 꾸중 투로 말했다.

"누구 때문에 못 잤단 말이에요."

눈치 없이 계란찜을 덥석덥석 퍼먹는 형 들으라고 크게 말했다.

형은 어젯밤에도 드르렁드르렁 컥, 밤새 코를 골았다. 얄미워서 코를 꽉 틀어쥐었는데 형이 두 팔을 허우적거려서 포기했다. 그 바람에 잠을 설쳐서 늦잠을 잤다.

밥을 먹는 둥 마는 둥 하고 식탁에서 나오다가 일부러 형 팔을 툭 건드렸다. 챙강, 숟가락이 바닥에 떨어졌다. 형이 숟가락을 주우러 큰 몸을 식탁 아래로 구겨 넣었다.

형이 노려보는 것 같아 뒤통수가 뜨거웠지만, 모르는 척 형을 등지고 나가 현관문을 열었다. 문 앞에 운동화 한 짝만 달랑 뒤집혀 있다.

"엄마, 운동화 한 짝이 없어요!"

"잘 좀 벗어 놓지. 수돗가 찾아봤어?"

엄마는 뒤돌아볼 겨를도 없다.

배꽃은 피어서 지기까지 일주일이 걸린다. 그 안에 꽃을 솎아 내고 벌 대신 꽃가루를 묻히는 인공 수정을 해 줘야 한다.

그래서 바쁜 엄마 아빠 대신 형과 뭉치를 돌보는 일이 내 차지가 되고 말았다.

뭉치는 형이 데려온 강아지인데, 나는 물론 내 물건에 유독 들러붙는다. 아무래도 녀석이 수상하다.

부랴부랴 운동화 한 짝만 주워 신고 수돗가를 돌아 창고까지 갔다.

털북숭이 뭉치가 창고 구석에서 꿈지럭거리고 있다. 느낌이 싸하다. 역시 녀석이 범인이다.

"야, 내 운동화 물면 어떡해!"

재빨리 운동화를 잡고 흔들었다. 녀석이 더 꽉 물었다. 확 빼냈다.

"장난칠 시간 없어!"

운동화까지 뺏긴 주제에 뭉치가 꼬리를 흔든다. 바짓단까지 물겠다고 한다. 새로 생긴 형도, 강아지도 정말 성가시기 짝이 없다.

"저리 가!"

운동화를 마저 꿰어 신고 철제 대문을 나섰다.

아뿔싸. 어느새 녀석이 밭길을 지나 뉴타운 아파트 앞까지 따라왔다.

나는 우뚝 서서 뭉치와 뉴타운 철조망 길을 번갈아 노려봤다. 학교까지는 아직 반의반도 못 왔다.

우리 반 달리기 에이스인 나도 서너 번은 쉬며 달려야 도착하는 아파트 정문. 정문으로 들어가 1단지와 2단지, 연거푸 상가를 지나야 아파트 단지 안에 있는 학교에 도착한다. 아무리 빨리 뛰어도 15분 각이다. 아파트 안팎을 가르는 철조망이 길어도 너무 길다.

서울 끄트머리, 그린벨트 옆 우리 동네. 아빠는 개발이 더디다고 싫어하고, 엄마는 과수원을 계속할 수 있어서 좋아한다. 나도 배꽃이 활짝 핀 과수원을 보면 엄마 편이 된다. 하지만 오늘처럼 늦게 일어난 날은 불편하다.

8시 42분.

8분 안에 학교에 도착해야 한다. 아파트 정문까지 돌아가면 지각이다. 아무래도 이 길밖에 없다.

나는 숨겨진 입구를 찾아 철조망을 따라가며 친친 감긴 넝쿨을 헤집어 보았다. 그렇지. 누군가 낡은 철망을 끊어서 구멍을 만들어 놓았다. 우리 동네에선 개구멍으로 통한다.

이제 녀석만 떼어 내면 문제없다.

"뭉치, 뛰어!"

잽싸게 집 쪽으로 나뭇가지를 던졌다. 녀석이 저만치 뛰어갔다. 나는 얼른 삐져나온 철조망 살을 밟고 개구멍을 빠져나왔다.

오르막을 오르자마자 얕은 놀이터 담을 넘으려는데, 어느 틈에 녀석이 돌아와 나를 따라잡았다.

"여기까지 오면 어떡해!"

꽥 소리쳤다.

하지만 눈치 없는 녀석이 계속 놀아 달라고 꼬리를 흔든다. 쿵쿵 발을 굴러도 꿈쩍 않는다.

뻥, 차는 시늉만 하려고 했다. 그런데 그만 발끝에 차여 뭉치가 나가떨어졌다. 철조망 쪽에서 낑낑거리는 소리가 났다.

까불다가 꼴좋다.

뭐, 저러다 집에 돌아가겠지. 나는 뒤도 안 돌아보고 학교를 향해 달렸다.

개구멍 덕분에 제시간에 학교에 도착했다. 근데 찜찜하다. 뭉치 생각이 떠나지 않는다. 계속 낑낑거리면서 머릿속을 헤집어 놓는다.

'설마 다치진 않았겠지? 발끝으로 살짝만 건드렸으니까 괜찮을 거야. 낑낑거리다 집에 갔겠지? 틀림없이 갔을 거야…….'

어떻게 수업이 끝났는지 모르겠다. 피시방 가자는 애들한테 거절을 날리고 교실을 나왔다. 집을 향해 뛰다시피 걸었다. 상가를 지나, 놀이터를 지나, 다시 개구멍을 통과해 밭길로 들어서는 찰나였다.

형이 우두커니 서서 나를 기다리고 있었다.

"없어, 뭉치. 봤어?"

형이 다급하게 물었다. 걱정했던 대로 뭉치가 사라진 거다!

심장이 뛰어서 못 봤다는 말이 바로 나오지 않았다.

"아까 아침에 놀이터까지 쫓아왔는데……."

나는 찔려서 뒷말을 삼켰다.

내 말을 듣고 당황한 형이 심하게 킁킁거렸다. 형이 '네가 쫓아냈지? 책임져! 뭉치 찾아내!' 하고 혼내는 것 같다.

나는 형이 킁킁거리는 소리를 듣지 않으려고 집으로 뛰었다.

"뭉치! 어딨어? 뭉치!"

오자마자 창고 문을 벌컥 열었다. 없다. 방문도 벌컥 열었다. 없다. 온 동네를 뒤져도 녀석이 없다. 심지어 뉴타운 단지까지 샅샅이 뒤졌다.

큰일 났다. 어디에도 뭉치가 없다.

혼자서 밭길을 되돌아오는데 눈물이 왈칵 났다.

"뭉치 이 자식…… 너, 돌아오기만 해 봐! 가만 안 둬!"

나는 집에 오자마자 방바닥에 대자로 누워 버렸다. 스르르 잠이 들
었다.

"임승찬, 일어나. 밥 먹어야지."

엄마가 깨웠다.

겨우 눈이 떠졌다. 어느새 창밖이 새까맣다.

"뭉치, 찾았어?"

화들짝 일어나 퉁퉁 부은 눈으로 두리번거렸다.

"저 아래 사거리까지 갔는데 못 찾았어. 어쩌다 잃어버린 거야?"

엄마가 작은 목소리로 물었다. 형한테 들릴까 봐 조심하는 투다.

"일부러 그런 거 아냐! 엄마는 알지도 못하면서!"

찔려서 되레 큰소리가 나왔다.

"우리 집 강아지도 아닌데, 고모님 오시면 뭐라고 해……."

엄마 목소리가 더 작아졌다.

"그 전에 찾으면 되잖아!"

나도 모르게 버럭 하고 말았다.

"엄마도 속상해서 그러지. 아이고, 알았어!"

엄마가 옷을 털면서 일어났다. 옷섶에서 배꽃이 떨어졌다.

멀거니 배꽃을 보고 있는데 거실에서 대화 소리가 들렸다.

"여보, 고모님은 좀 어떠셔?"

엄마가 물었다.

"병원에 더 계셔야 할 거 같아. 생각보다 회복이 더디네."

"암 수술이 보통 수술인가. 무리하시면 안 되지. 그래도 초기에 발견돼 얼마나 다행이야."

"고마워, 여보. 애 좀 써 줘."

아빠가 미안한 목소리로 대답했다.

치, 나한테는 안 미안?

바닥에 떨어진 배꽃이 내 꼴 같다. 큰 배를 얻기 위해 솎아 낸 하찮은 꽃.

얼마 전에 홍천 사는 고모할머니가 올라오셨다. 고모할머니를 따라 형이 오고, 형을 따라 뭉치가 왔다. 고모할머니는 우리 집 근처 큰 병원에서 암 수술을 하고 일주일 넘게 안 오신다.

"그나저나 많이 갑갑하시겠네."

"고되셔도 어쩔 수 있나. 내일은 한번 들러 봐야겠어."

대화 사이에 달그락달그락 밥 먹는 소리가 났다. 중간중간 '쿵쿵' 소리도 나는 걸 보니 형도 같이 있다. 뭉치가 사라졌다고 걱정할 땐 언제고 밥이 잘도 넘어가나 보다. 오늘따라 형이 더 얄밉다. 언제까지 내 방을 나눠 써야 하지?

"밥 안 먹어!"

나는 모두 들으라고 부러 큰소리를 쳤다. 그러면서 이불을 푹 뒤집어썼다.

다음, 다다음 날까지 줄기차게 쭉, 개구멍으로 다녔다. 철조망이 막혔는지 봐야 해서다. 개구멍이 막혀 버리면 뭉치는 영영 못 돌아올지도 모른다. 개구멍은 꼭 뚫려 있어야 한다.

늦은 오후까지 뉴타운 아파트에서 뭉치를 찾아다니다가 공터로 갔다. 학교에서 멀다고 꺼리는 애들한테 부탁해서 놀이터 근처 공터에서 축구를 하기로 했다. 혹시 뭉치를 볼까 싶어서다.

그런데 마음이 딴 데 가 있으니까 경기가 제대로 풀리지 않았다. 자꾸 골대 앞에서 어이없는 볼을 찼다.

나는 뭉치를 실수로 찼던 오른발을 째려봤다. 녀석은 쉬지 않고 내 머릿속을 뛰어다닌다.

"승찬아, 저 형 알아? 자꾸 너 쳐다보는데."

재우가 가리키는 쪽을 봤다.

헐, 형이 개구멍을 통과해 여기까지 왔나 보다.

"승찬아, 쿵쿵, 따라와."

형이 손짓했다.

"야, 경기나 계속하자."

나는 모르는 척했다. 정말 모르는 형이었으면 좋겠다.

그런데 형이 기어코 공터 안으로 들어왔다.

"저리 가."

처음엔 고분고분 말했다. 그런데 형은 뭉치처럼 막무가내다.

"뭉치, 쿵쿵, 할머니랑 있다."

형이 녀석처럼 내 옷자락을 잡아당겼다.

"아, 좀 놔둬!"

나도 모르게 형을 뿌리쳤다. 뭉치가 병원에 있는 고모할머니를 찾아갈 리 없다.

"너 아는 형이야? 형 누구예요? 승찬이한테 왜 그래요."

갑자기 유민이가 나섰다. 요즘 얘랑은 껄끄러운 사이인데 불쑥 내 편을 든답시고 끼어든 거다.

형이 나 대신 유민이 손을 덥석 잡고 "가자, 가자." 했다. 아마 유민이를 데려가면 나도 따라갈 줄 알았나 보다.

"쿵쿵, 할머니랑 있다. 뭉치 있다."

유민이가 손을 빼려고 할수록 형이 더욱 세게 잡았다. 큰일 났다. 하필 유민이를 건드리다니!

형을 말리려고 할 때였다. 갑자기 나타난 유민이 엄마가 득달같이 달려왔다가 형을 보고 움찔했다.

"어서 그 손 놔요!"

유민이 엄마가 버럭 소리를 질렀다.

유민이 엄마보다 한 뼘은 큰 형이 잡고 있던 손을 놓고 쭈뼛쭈뼛 서 있었다.

"지금 가요, 가야 돼요."

"싫다는 아이한테 왜 자꾸 그래요? 집이 어디예요? 몇 동에서 왔어요?"

어눌한 말투를 알아챈 유민이 엄마가 형을 만만하게 보고 다그쳤다. 당황한 형이 불안한 듯 서성였다. 내가 혼나는 것처럼 화가 났다. 아무리 먼 친척이라도 형은 형이다.

"어디서 살든 아줌마가 무슨 상관이에요?"

내가 따져 물었다. 유민이 엄마가 나를 힐끔거렸다.

"너, 저번에 유민이 다치게 한 애 맞지?"

나를 알아본 유민이 엄마가 무시하는 투로 말했다.

"오늘은 부모님 좀 봬야겠다. 너 몇 동 살아?"

자꾸만 사는 데를 물어보는 유민이 엄마가 미웠다. 무조건 아파트에 산다고 생각하는 태도가 거슬렸다. 그래도 애들 앞이라서 화를 억누르고 아랫동네에 산다고 말했다.

"여기는 아파트 전용 공간이야. 아랫동네 사람은 함부로 들어올 수 없어. 알겠니?"

유민이 엄마가 가르치듯 말했다.

지나가던 경비 아저씨가 이상한 낌새를 눈치채고 뛰어왔다. 유민이 엄마가 경비 아저씨더러 개구멍을 막으라고 했다. 큰일 났다! 뭉치도 못 찾았는데 개구멍이 막히면 정말 큰일이다!

유민이가 뭉치를 찾아야 한다고 자기 엄마를 말렸다. 말리는 유민이까지 미웠다. 아랫동네 사는 게 무슨 큰 죄인 것처럼 느껴졌다. 억울했다. 분했다.

나도 모르게 설움이 북받쳐서 큰 소리로 울고 말았다. 아, 쪽팔려. 애들이 달래 줬지만, 내 눈에는 유민이만 보였다. 자기 엄마를 믿고 유세를 떠는 녀석 말이다.

며칠 후 등굣길이었다. 개구멍이 막혔다. 기어이 걱정했던 큰일이 벌어지고 말았다. 유민이 엄마가 나서서 개구멍을 막도록 한 게 틀림없다.

"으으읏!"

개구멍을 막아 놓은 철사를 힘껏 벌려 보았다. 어림없다. 다시 읏! 힘을 줄수록 손가락만 아팠다.

"에이씨!"

욕이 나왔다.

하는 수 없이 아파트 정문까지 걸었다. 걷다가 지각할까 봐 씩씩거리며 뛰었다.

이게 다 형 때문이다. 형이 안 왔으면 뭉치도 안 오고, 녀석을 잃어버리는 일 따위 없었을 거다.

그랬다면 급할 때 오가던 개구멍이 막히지도 않았을 거다. 앞으로 늦잠 자면 어떡할지 걱정이다. 문방구나 슈퍼 문 닫을 시간이 닥치면 어떡할지도 모르겠다.

가장 큰 걱정은 뭉치를 찾는 일이다. 하루아침에 길을 잃어버린 것처럼 막막하다. 모든 게 엉켜 버린 철조망 철사 같다.

정문까지 뛰면서도 계속 열불이 났다. 불은 유민이 엄마한테로 번졌다. 아파트 사는 애들이 근처 빌라나 주택에 사는 애들을 무시한다는 말을 들은 적 있다. 최소한 내 친구들한테서 그런 말을 듣지는 않았다. 아파트 단지 밖에 사는데 왜 단지 안 학교에 다니는지 묻는 친구도 없었다.

하지만 유민이 엄마는 너무했다. 정말 개구멍을 막을 줄이야!

꼭 대놓고 무시해야 무시인가. 고상한 척하며 은근히 무시하는 게 더 기분 잡치게 한다.

'아무래도 개구멍을 뚫어야겠어!'

얼얼한 손가락을 쥐고 공중에 어퍼컷을 날렸다. 속이 좀 뚫렸다.

학교에서 돌아오자마자 가방을 현관문 앞에 던졌다.

과수원에서 돌아온 형이 집에 있었다. 본체만체 창고로 갔다.

"승찬아, 뭐 해?"

형이 창고까지 따라와 참견했다. 입을 꾹 닫았다.

"뭐하냐고 묻잖아, 쿵쿵!"

"나가!"

형한테 냅다 소리쳤다. 안 그럼 욕이 튀어나올 것 같았다.

"임승찬, 너, 나빠. 쿵쿵. 형한테 예의를 지켜야지."

형이 못 참고 한 소리 했다.

"다 형 때문이야! 형이 뚫어. 개구멍 뚫어 놓으란 말이야!"

나도 참지 않고 퍼부었다. 형도 만만치 않았다.

"그러니까, 형 말을 들었어야지."

혼내는 형을 기가 막혀서 쏘아봤다. 형은 지지 않았다.

"그랬으면, 쿵쿵, 좋았잖아."

형이 창고 문을 소리 나게 닫고 가 버렸다.

그러거나 말거나 나에겐 시간이 없다. 얼른 공구함을 찾아 열었다. 여러 도구 중에서 펜치를 들고 가늠해 봤다. 묵직하고 강하다. 굵은 철사도 문제없이 끊겠다.

뛰다시피 걸어서 막힌 개구멍 앞까지 왔다.

근데 문제가 생겼다. 펜치를 제대로 쓰려니 손힘이 모자랐다. 철사를 끊으려고 갖다 대면 자꾸 툭툭, 벌어지기 일쑤다.

쥐고 있는 두 손에 죽도록 힘을 주었다. 그래도 펜치 아귀가 철사에 가닿기 전에 가운데에 있는 용수철 때문에 자꾸 벌어졌다.

불쑥 형이 생각났다. 형의 아귀힘이면 이까짓 철조망 싹둑싹둑 끊어 버릴 텐데.

하지만 형과 나 사이에는 보이지 않는 철조망이 있다. 펜치를 쥔 손에 힘이 쭉 빠졌다.

그때였다.

"누구야?"

아파트 경비 아저씨가 나타났다.

넝쿨 아래로 납작 엎드렸다.

철조망 바로 너머에서 경비 아저씨가 다가오는 인기척이 느껴졌다.

고개를 바닥에 댔다. 흙이랑 풀 냄새가 섞인 익숙한 냄새가 났다. 바로 우리 동네 냄새다.

'아랫마을이 뭐 어때서 문도 안 만들어. 뉴타운이면 다야!'

나는 묘한 열등감에 휩싸였다.

"개구멍 또 한 번 뚫었다간 혼날 줄 알아!"

경비 아저씨가 엄포를 놓았다. 곧바로 오르막으로 올라가는 기척이 느껴졌다. 하지만 일어날 수 없었다.

'개구멍 뚫었다간 혼날 줄 알아!'

경비 아저씨 목소리가 거세게 가슴을 짓눌렀다.

겨우 일어났지만, 온몸이 지하로 꺼지는 것 같았다.

쪽팔렸다. 아랫마을에 사는 내가 초라하게 느껴졌다. 솎아져 떨어진 배꽃이 된 것 같았다. 배가 되지 못하고 짜부라진 배꽃……

그 순간 뒷골이 쭈뼛해졌다. 설마 형도 내 방에서 지내면서 이런 거지 같은 기분이 들었을까? 그래서 내 기분을 맞춰 주려고 쫓아다닌 걸까?

뭉치도? 녀석도 나한테 잘 보이려고 꼬리를 친 걸까?

차별당하는 기분이 어떤 건지 알게 된 지금, 그동안 형과 뭉치에게 저지른 어리석은 짓들이 떠올라 부끄러웠다. 개구멍 아니라 쥐구멍에 라도 숨고 싶었다.

얼른 개구멍 뚫을 다른 방법을 찾아봐야겠다. 그래야 덜 쪽팔리지! 일단 후퇴다. 나는 빨간 손가락을 쥐고 터덜터덜 집으로 돌아갔다.

밤새 기적이 일어났다.

다음 날 아침 '진짜 개구멍'이 생겼다. 개만 드나들 수 있는 진짜 진 짜 개구멍 말이다.

철사로 막힌 개구멍 아래 누가 파 놓았는지 움푹 구멍이 생겼다. 구 멍 속으로 손을 넣어 철조망 너머로 흔들어 보았다. 두 손을 모아 뭉치 덩치만큼 부풀려서도 집어넣어 보았다. 이 정도면 뭉치 전용 개구멍으 로 훌륭하다.

'뭉치야, 개구멍 뚫렸다. 어서 와라.'

어느새 내 손은 기도 손이 되었다.

그나저나 개구멍은 도대체 누가 뚫은 거야?

쏜살같이 집으로 달려가 아빠한테 물었다. 배꽃이 뚫린 개구멍 아래 떨어져 있어서다. 그런데 아빠는 아니었다. 엄마도 아니란다.

"누가 벌써 뚫었대?"

"정확히 말하면 뚫은 게 아니고 파 났어, 이렇게 훅훅."

내가 구멍 파는 강아지 흉내를 냈다.

"아깝다, 내가 먼저 팔걸. 이렇게 푹푹."

아빠가 구멍 파는 대형견 흉내를 내며 물었다.

"근데 누가 그렇게 고마운 일을 했다니?"

"글쎄, 우리 식구 아니면…… 동네 형들? 당장 알아볼게."

나는 현관문을 열다가 멈칫했다.

고모할머니가 마당으로 들어오고 있었다.

아빠가 고모할머니 가방을 받아 들고 집 안으로 모셨다.

"아니, 벌써 퇴원하신 거예요?"

엄마가 부랴부랴 따뜻한 차를 내놓았다.

형은 알 수 없는 표정을 지으며 고모할머니 옆 소파에 앉았다. 고모할머니가 말없이 곁을 내주었다.

"아이고, 나오니까 살겠네. 병원은 영 갑갑해서 말이지. 어서 집에 가서 발 쭉 뻗고 싶어."

다소 야위었지만 고모할머니 목소리는 카랑카랑했다.

"집 근처에 급하면 갈 병원이 있으니 걱정들 말어. 병원에서 다 연결해 줬어."

고모할머니 말에 아빠가 나무라듯 말했다.

"그래도 더 계시지요, 고모."

꾸중 듣는 고모할머니가 오히려 웃었다.

"일없어. 신세 지는 것도 하루 이틀이지."

"신세는 어려서부터 제가 졌지요. 이번에 조금이라도 도움 드려서 제 마음이 아주 좋아요. 그러니까 큰 병원 아니더라도 근처에서 더 몸 살피고 가세요."

아빠가 당장 병원으로 모실 것처럼 굴었다.

"걱정 말래두. 나는 함부로 죽지도 못해. 손자보다 딱 하루만 나중에 죽어야지. 허허."

고모할머니가 호탕하게 웃으면서 죽는다는 소리를 했다. 우리 엄마가 죽는다고 하면 나는 화를 낼 거다. 너무 슬퍼서.

"울 할머니 또 이런다, 쿵. 걱정 마요. 내가 오래 살 거니까. 쿵."

형이 아무렇지 않게 대답했다.

"그래그래, 네 덕에 할머니도 장수 만세 해 보자. 어서 짐 싸."

고모할머니가 큰 손을 저으며 형을 재촉했다.

형이 쭈뼛거렸다.

"바리스타 자격증 따려면 학원 계속 다녀야지."

고모할머니가 거듭 말했다.

"뭉치……."

형이 아주 오랜만에 그 녀석 이름을 불렀다. 많이 보고 싶을 텐데 그동안 티 내지 않았다는 걸 단박에 알 수 있었다. 내 얼굴이 화끈 달아올랐다.

"그래, 뭉치 집에 와 있나 봐야지."

고모할머니 말에 형이 가만히 고개를 끄덕였다. 뭉치가 차로 한 시간 넘게 걸리는 먼 길을 갔을 리 없다. 그런데 형은 정말 믿는 눈치다.

"죄송해요. 강아지도 잘 돌보지 못하고."

엄마가 나 대신 사과했다. 졸지에 엄마 치맛자락 뒤로 숨은 아이 꼴이 되었다. 스트라이커 자존심이 있는 대로 구겨졌다.

"쿵쿵, 괜찮아요. 뭉치는 특별하니까."

형이 엄마한테 말했다.

하지만 웃는 얼굴은 나를 보고 있었다. 형이 나를 감싸 줬다.

"그래, 마음 쓰지 말어. 뭉치는 어디에 둬도 제 밥그릇은 꼭 챙기니까."

고모할머니도 내 쪽으로 고개를 돌려 말했다.

따뜻한 차를 다 마시고도 고모할머니와 아빠는 한참 실랑이를 했다.

"아이고, 고모. 제가 졌습니다. 그 대신 댁까지 모셔다드릴게요."

아빠가 안방에서 부랴부랴 차 키를 가지고 나왔다.

고모할머니와 형이 엉거주춤 일어났다. 나도 덩달아 일어났다.

집 안에 묘한 공기가 감돌았다.

고개를 숙이고 탁탁, 마룻바닥을 찼다. 속으로 형이 가면 좋은 것들을 헤아렸다.

먼저 계란찜을 독차지할 수 있다. 코 고는 소리를 듣지 않아도 된다. 그리고 내 방도 다시 찾을 수 있다.

형만 가면 끝내주게 좋을 줄 알았는데, 이상하게 아주 좋지는 않았다.

"승찬이도 형 잘 봐줘서 고맙다. 어여, 고맙다고 악수해야지."

고모할머니 말에 형이 손을 내밀었다.

나는 쭈뼛쭈뼛 형 손만 바라봤다.

"아이고, 땅거지가 친구 하자 하겠네. 손톱이 왜 이리 까매."

고모할머니가 형의 두 손을 씻기듯 훔쳐 주었다.

내 눈에도 보일 만큼 형 손톱 아래 흙이 많이 꼈다. 형이 지난밤에
무슨 일을 벌였는지 빤히 알겠다. 배꽃을 떨어뜨린 사람은 다름 아닌
형이었다.

어색한 시간을 마감하듯 고모할머니가 서둘러 현관문을 열었다. 그
다음 아빠가 차에 시동을 걸러 갔다. 엄마와 내가 따라서 대문 앞까지
마중을 나갔다. 미적대는 형이 고모할머니 손에 이끌려 차에 타면서
뒤돌아본다. 그리고 씩, 웃는다.

"할머니, 잠깐만요."

차에서 내린 형이 나한테 다가왔다.

"카톡 초대할게. 쿵쿵, 뭉치 찾으면 알려 줘."

형이 가려다 돌아봤다.

"승찬아, 쿵쿵, 잘 있어."

형이 아까보다 더 유별나게 쿵쿵댄다.

나는 또 고개를 숙였다. 눈물이 바닥으로 툭 떨어졌다. 시멘트 바닥이 짙게 물든다.

아닌 척, 옷소매로 눈물을 닦았다. 고개를 들었다. 그리고 오른손을 들려다 말았다. 형이 볼 수 있게 번쩍 들었어야지. 이 바보. 졸보. 겁쟁이.

나는 속으로 형을 불렀다. 입안에만 맴도는 이름을 삼켰다. 형의 이름은 윤명식이다.

뭉치 이야기

자고로 할머니의
없는 게 없는 가방

'할머니, 살려 주세요!'

힘껏 짖었다.

'여기요, 여기!'

꼬리도 힘껏 흔들었다.

철조망 위쪽 오솔길을 걷던 할머니가 내려왔다.

"워메, 웬 개 새끼여."

응? 개, 새끼? 보통 사람들은 나를 강아지라고 하는데. 이 할머니,
보통내기가 아니겠다.

'네, 할머니. 여기 개 새끼 있어요. 나 아파요, 낑-끼잉.'

나는 아양과 콧소리가 섞인 신음을 보냈다.

"오메, 오메."

할머니가 개구멍에 낀 나를 번쩍 들었다.

이번에는 진짜 '끙!' 소리가 저절로 났다. 철조망에 걸린 뒷다리가 엄청 쓰렸다.

"어째쓰까이. 허벌나게 아프겄네."

할머니가 나를 조심스럽게 안아 주었다.

승찬이 녀석, 이렇게 작은 나를 매몰차게 차 버리다니. 생각할수록 털이 곤두선다. 녀석한테 잘 보이려고 얼마나 꼬리를 흔들어 줬는데…….

집안 서열 1순위에게 잘 보여야 하는 이놈의 개 팔자. 서럽다.

"아야, 할무니 따라갈끄나잉."

할머니가 말했다.

'네, 지옥에라도 따라갈게요.'

할머니 만세! 나는 승찬이가 미워서 할머니 품으로 파고들었다.

이참에 이 개 님도 당당히 하겠다. 그 뭐냐, 가출! 가출을 인간만 하란 법 있나. 나 시베리안, 당당히 독립하고야 말겠다!

"할무니 집은 겁나 높은 디 있어. 저 봐라!"

할머니가 손가락으로 하늘을 가리켰다. 나무 사이로 까마득한 아파

트가 보였다.

'두 번째 서울 집으로 나쁘지 않군.'

나는 엘리베이터 버튼을 누르는 할머니를 지켜보며 흐뭇한 기분이 들었다.

"좀 어지러울 것이다."

할머니가 나를 꽉 안았다.

15층은 내가 올라가 본 가장 높은 곳이다. 각오 단단히 하자, 시베리안!

"오메, 딱 알아듣는 눈치네잉."

할머니가 말했다. 아니, 알아듣다마다요! 저로 말할 것 같으면 인간의 말은 물론 인간 서열까지 기가 막히게 맞히는 특별한 개 님이라고요. 깡깡!

"위잉."

엘리베이터가 올라갔다. 뒷골이 '위잉' 울렸다. 온몸의 털이 곤두섰다. 할머니는 엘리베이터 손잡이를 잡고 나는 할머니 옷섶을 물었다. 할머니 옷섶이 내 침으로 범벅이 될 무렵 엘리베이터가 '휘청' 멈췄다.

"워메, 뭐시여. 오줌을 찌끄려 부렀네."

오 마이 독. 새 주인이 될지도 모르는 할머니 옷에 오줌을 싸 버리다니. 영역 표시 제대로 했네!

'할머니, 한 번만 봐주세요. 네?'

눈을 똥그랗게 뜨고 할머니한테 애원했다.

할머니는 나를 거실에 패대기치고 오줌 묻은 윗옷을 벗어젖혔다. 내가 다친 걸 잊어버렸나?

'체크, 할머니는 건망증이 심하다.'

나는 '주인 체크 리스트'에 주의 사항을 올렸다.

나에게 없는 딱 한 가지는 족보다. 이따위 책 하나 없다고 인간들은 우리 같은 개를 믹스견이나 잡종견, 심지어 똥개라고 무시한다.

똥개면 어때? 믹스견, 잡종견이면 또 어때! 나만의 비법으로 '개 팔자 상팔자'를 이룰 수 있다.

그 비법이란 이 개 님이 어느 곳에 가든지 서열 1위를 제꺽 알아본다는 것. 서열 1위의 사랑만 독차지하면 세상 편해진다.

명식이네 집 서열 1위는 명식이였다. 그런데 승찬이네 집에 와서는 서열 1위가 바뀌었다.

나는 서열 1위 승찬이 덕을 보려고 열심히 꼬리를 흔들었다. 하지만 보상으로 돌아온 건 개껌이 아니라 개 무시. 얼마나 서럽고 아니꼽던지…….

나 시베리안에게 두 번의 실수는 없다.

'어디 보자, 이 집의 서열 1위는 누구냐.'

나는 코를 벌렁거렸다. 그때였다.

"오메메, 내 정신 좀 보소. 아프쟈, 잉."

할머니가 호들갑을 떨면서 구석에 있는 방으로 들어갔다.

'수상한데? 명식이네 할머니는 넓고 볕도 잘 드는 방을 독차지했었잖아?'

할머니를 따라 구석방으로 갔다. 벌렁벌렁, 크, 쿰쿰한 냄새다. 좋군! 일단 합격!

졸래졸래 큰방도 가 봤다. 어라? 방문이 닫혔네? 문틈 사이로 코를 벌렁거리며 조사했다.

"에취!"

지독한 방향제 냄새가 난다. 큰방 주인은 요주의 인물이군.

염탐을 마치고 돌아오자, 마침 할머니가 어마어마하게 큰 가방을 열고 있었다. 바퀴가 달랑달랑 떨어질 것 같은 검정 여행 가방이다.

'큰 가방 속에 뭐가 들었나?'

코끝에 윤기가 돌았다. 킁킁, 냄새에 집중하느라 까딱하면 가방 뚜껑에 깔릴 뻔했다.

"워메, 해찰 부리지 말고 이리 오니라!"

할머니가 나를 번쩍 안았다. 그리고 다친 뒷다리에 요상한 가루를 뿌렸다.

"자고로 피나는 덴 갑오징어가 제일이랑께."

'할머니, 아파요, 아파!'

나는 도망가려고 버둥거렸다. 그러거나 말거나 할머니는 붕대까지 친친 감았다.

'어? 맛난 냄새가 난다. 어? 또, 또 난다! 마구 난드아!'

나는 신나게 코를 벌렁거렸다. 할머니 가방에는 처음 맡아 보는 냄새가 가득했다.

'체크, 할머니는 없는 게 없는 가방을 가지고 있다.'

가방에 호기심이 마구 돋는다.

오후가 되자 깔끔하게 차려입은 한 아줌마가 들어왔다.

'큰방 주인이구나. 깡!'

일단 눈치를 살피며 꼬리를 흔들었다.

"어머나!"

아줌마가 화들짝 물러났다. 손에 들고 온 종이 가방을 꼭 쥐고서.

킁킁, 이 냄새는 족발? 침이 고인다, 고여. 종이 가방에 그려진 웃는 돼지 그림도 아주 마음에 든다. 이제 아줌마만 내 마음에 들면 좋겠는데?

"어디서 이런 들개를 데려오셨어요?"

어라? 아줌마는 내가 마음에 안 드나 보다. 나긋나긋하지만 분명 할머니를 나무라는 말투다.

'들개라니요? 저는 시베리아허스키의 영혼을 물려받은 비범한 개 님이라고요!'

힘껏 짖어 주장했다. 아뿔싸, 역효과가 났다.

"민율아, 물러서!"

아줌마가 민율이라는 아이를 뒤로 숨겼다.

'오호, 네가 민율이구나. 반가워, 난 시베리안이라고 해. 부르기 어려우면 그냥 뭉치라고 하렴.'

이 집의 첫 공략 대상은 요 녀석이다. 자자, 꼬리 애교 들어갑니다.

잉? 내가 다가가자마자 민율이가 엄마 뒤로 더욱 바짝 숨었다. 보통 아이들은 꼬리 애교에 술술 넘어가는데……. 엄마와 아이, 모두 만만치 않겠다. 그때였다.

"자고로 집에 든 생명은 함부로 내치는 게 아녀."

할머니가 큰소리로 나무라며 내 편을 들어 줬다. 음, 서열이 생각처럼 낮지만은 않은가 보다. 아무튼 일단 내 편 확보!

"아가, 걱정 말그라. 곧 주인 찾아줄 팅께."

할머니가 나를 안고 팽 구석방으로 들어갔다.

'이봐요, 할머니. 제 주인은 제가 찾을게요. 저 가출했다고요! 나를 괴롭힌 승찬이는 당분간 보고 싶지 않아요!'

할머니를 향해 짖었다.

그러거나 말거나 할머니는 오랫동안 돌아앉아 씩씩거렸다. 아줌마가 방문 밖에서 저녁 식사를 하자고 해도 배부르다며 딱 거절했다.

"워메, 귀한 청국장은 냉장고에 처박아 불고 만날 남의 손 빌려 만든 음식이나 처묵고. 암튼 맘에 드는 것이 하나가 읎어, 하나가!"

할머니가 조용히 쏘아 댔다. 맛있는 족발도 마다하는 걸 보니 단단히 화가 난 모양이다.

나는 할머니가 먹다 남긴 족발 뼈다귀라도 얻어먹을 양으로 있는 아양 없는 아양을 다 떨었다. 할머니 배 속에서 나처럼 꼬르륵 소리가 났다. 할머니가 없는 게 없는 가방에서 오징어채를 한 줌 꺼내 줬다. 할머니도 나도 오징어채를 잘근잘근 씹었다.

어쩐지 할머니도 나랑 같은 처지 같다. 이 집에 굴러 들어온 군식구 랄까.

하지만 동병상련도 잠시, 씩씩거릴 일이 생겨 버렸다. 할머니가 아픈 나를 베란다로 쫓아낸 거다.

"자고로 개 새끼는 밖에서 자는 겨."

이런 말을 남기고.

'체크, 할머니를 전적으로 믿지 말아야 한다.'

베란다에서 두 밤을 자고 일어났다.

어느덧 새벽, 구석방에 불이 켜졌다. 내가 쿵쿵대자 자고로 할머니가 문을 열었다. 왜 자고로냐고? 할머니가 말마다 '자고로'를 붙여서다. 이것 보시라. 또 '자고로' 하고 말문을 연다.

"자고로 사람이든 짐승이든 목숨 붙은 것들은 땅을 밟고 살아야제."

자고로 할머니가 가슴을 쓸어내린다. 할머니 하소연에 따르면, 오늘은 할머니가 아들 집에 온 지 한 달 하고도 보름째 되는 날이다. 그런데 할머니는 통 잠을 못 잔다.

"서울 오는 거이 아니었당께."

자고로 할머니가 잠을 청하려고 누웠다. 하지만 곧 이부자리를 박차고 일어날 거다. 어제도 밤새 그랬다.

"갑갑해 환장허겄네!"

예상대로 자고로 할머니가 벌떡 일어났다.

그리고 없는 게 없는 가방을 열고 나갈 채비를 했다.

'그렇지, 가출 찬성! 할머니, 나도 데려가요. 나도!'

꼬리를 맹렬히 흔들었다.

하지만 할머니는 가출 대신 탈출을 선택했다. 아파트 밖으로 탈출하는 것 말이다.

"얌전히 있어. 주인 찾아가자잉."

할머니는 아픈 나를 무명천 깔린
바구니에 담았다. 바구니도 할머니

의 없는 게 없는 가방에서 난 거다.

반대로 할머니 옷장이며 서랍에는 있는 게 없다. 할머니는 1503호 가족이 아니라 손님 같다.

어제는 세탁기 사용 문제로 며느리와 삐걱거렸다. 자고로 할머니는 물 아까워 옷이며 수건 따위를 몽땅 넣어 빨아야 한다고 하고, 며느리는 위생상 수건은 따로 세탁해야 한단다.

된장국은 또 어떻고. 자고로 할머니는 뚝배기에 끓여 한꺼번에, 며느리는 냄비에 끓여 따로 떠먹는다. 할머니는 집밥을, 며느리는 외식을 즐긴다.

이렇게 사사건건 다르니 쨍쨍 칼싸움하듯 부딪힐밖에!

중간에서 싸움을 말릴 아들은 뭐가 바쁜지 잠만 자고 나간다. 하나뿐인 손주는 엄마만 찾는다. 사실은 나도 곁을 안 주는 민율이한테 단단히 삐친 상태다.

그래서 자고로 할머니는 없는 게 없는 가방을 풀어 놓지 않나 보다. 높고 높은 집에도, 가족한테도 정이 들지 않으니까.

'체크, 자고로 할머니는 언제든 가출하려고 가방을 풀지 않는다.'

잡념에 빠져 있는 사이, 자고로 할머니는 나를 구해 줬던 오솔길까지 왔다. 이틀 전에는 승찬이한테 꼬리를 흔들었는데 이제는 자고로 할머니와 함께다. 만감이 교차한다.

개 팔자 상팔자라는 말은 순 거짓말이다. 쓸쓸한 기분이 들어 바구니 속 몸을 웅크렸다.

"워메, 워메."

나와 달리 철조망을 향해 내려가는 할머니 목소리가 들떠 있다.

"하, 이런 데 이런 게 있구마이!"

개구멍을 보는 자고로 할머니 입이 다물어지지 않는다. 가슴 밑바닥에서 우러나오는 감탄이라고나 할까.

할머니는 옷이 걸리지 않게 살금살금 개구멍을 통과했다. 뒤돌아 높은 아파트를 보는 할머니가 꽤 신나 보인다.

나는 승찬이한테 발로 차인 일이 떠올라 부글부글 화가 난다. 홍천 할머니랑 명식이가 보고 싶지만, 한번 가출하기로 한 이상 순순히 돌아갈 수는 없다.

자고로 할머니 곁에서 할머니의 없는 게 없는 가방도 마저 조사해야 하고 말이다.

뒤숭숭한 기분으로 밭길을 지나는데 승찬이네 집이 보였다. 고개를 휙 돌렸다. 과수원에서 군침 도는 냄새가 났지만, 돌린 고개를 뻣뻣하게 쳐들었다. 꿀꺽!

인내심이 바닥났을 때 마침 산길이 나왔다.

"오메, 쑥이 허벌나구마이!"

자고로 할머니가 산 아래 공터에 철퍼덕 앉았다. 할머니 엉덩이가 쑥을 캐느라 들썩거렸다.

"가만, 여그가 원래 밭이었구먼."

할머니는 득득 팔을 걷었다.

그러더니 공터를 덮은 비닐을 우두둑 거뒀다. 붉은 흙이 포슬포슬한 밭이 나왔다. 1503호에서는 영 맥을 못 추더니, 흙을 밟고 선 할머니는 천하장사다.

"여다 뭘 심어야 쓰꺼나."

할머니는 눈 오는 날 강아지마냥 "오진 거, 오메, 오진 거." 하며 뛰어다녔다.

그러더니 뭔가 생각난 듯 허겁지겁 1503호 구석방으로 돌아왔다.

"자고로 흙은 놀리는 벱이 아니여."

할머니는 없는 게 없는 가방을 쩍 벌렸다. 그리고 주섬주섬 무언가를 챙겨 다시 밭으로 갔다.

"워디 보자. 상추, 호박, 가지……."

누런 종이에 싸였던 씨들이 조르르 땅속으로 들어갔다. 흙을 고르고 어루만지는 할머니 손등에 신바람이 불었다.

나도 질 수 없지. 쿵쿵, 맛있다, 맛있어, 냄새 맛있어! 실룩거리는 콧등에 윤기가 돌았다. 자고로 할머니도 나도, 주인 찾기 따위 까맣게 잊고 오후까지 신나게 놀았다.

신통방통하다.

그날 밤 자고로 할머니는 단잠을 잤다.

'체크, 텃밭을 가꾸면서 자고로 할머니의 불면증이 사라졌다. 어지럼증도 싹.'

드렁드렁 코까지 고는 할머니가 행복해 보였다. 명식이 코 고는 소리도 할머니만큼 우렁찼는데…….

돌아오는 길에 개구멍에서 명식이랑 맞닥뜨린 일이 떠올랐다.

바구니에 담긴 나를 보고 놀라서 다가왔다가, 내가 쌀쌀맞게 구니까 어쩔 줄 몰라 하다 승찬이에게 도와 달라고 놀이터 쪽으로 가는 눈치다. 영 기운이 없는 옛 주인을 보노라니, 자고로 개 팔자는 주인을 닮는다는 개 속담이 하나도 틀린 게 없다. 홍천 집에서는 떵떵거리고 살았는데 서울에 와서는 이렇게 기죽어 사니 말이다.

그래도 괜찮다. 자고로 할머니는 나를 서열 1위처럼 아껴 준다. 털 끝만큼도 돌아갈 생각이 없지만 개 심란하다.

승찬이는 몰라도 명식이는 꽤 상냥한 주인이었는데……. 코끝이 찡하다.

다음 날, 자고로 할머니는 고추 모를 사러 꽃집에 갔다.

거기에서 손님으로 온 깡마른 할머니를 만났다. 깡마른 할머니가 자고로 할머니 이름을 물었다. 할머니는 '보성댁'이라고 했다. 보성이 큰 강도 흐르고 기름진 땅이라고 자랑도 했다.

깡마른 할머니가 덥석 할머니 손을 잡았다. 자기는 '장흥댁'이란다.

"남도 동무를 여서 만나 부네."

할머니들은 잡은 손을 놓을 줄 몰랐다.

"보성댁, 고추 모는 워따 심게?"

"저기 노는 땅이 있당께. 따라올랑가?"

바구니에 담긴 나를 보고 놀랐던 장흥댁 할머니는 텃밭을 보고 더 놀랐다. 밭고랑을 보면서 장흥댁 할머니도 연신 "오메, 오메." 한다.

재깍 장흥댁 할머니 무 씨앗이 보성댁 할머니 상추 씨앗과 이웃이 되었다. 장흥댁 할머니 소개로 만난 105동 서남봉 할아버지가 배추 씨앗을 들고 왔다.

어느새 작은 텃밭에 이웃 씨앗들이 늘었다. 며칠 사이 소문을 듣고 아랫마을로 내려오는 아파트 사람들도 조금조금 늘어났다.

"누가 개구멍을 막았다냐잉."

보통 때처럼 아랫마을로 가는 아침 길이었다. 개구멍이 굵은 철사로 얼키설키 막혀 있었다.

"웜메, 사람 죽네!"

놀라서 급하게 내려가던 자고로 할머니가 그만 발목을 접질렀다.

'할머니, 괜찮으세요?'

나도 놀라서 깡깡 짖었다.

마침 지나가는 경비 아저씨가 도와줘 우리는 겨우 1503호로 돌아왔다.

"자고로 싹이 오를 때는 물을 흠뻑 줘야는디. 누구 헛짓거리다냐."

할머니는 발목을 부여잡고 아랫마을을 하염없이 바라보았다.

곧 며느리가 바쁜 아들 대신 부랴부랴 집으로 왔다.

한참이 지났다.

며느리와 병원에 갔던 자고로 할머니가 혼자 돌아왔다. 침이 많이 아팠나? 어지럼증이 또 도졌나? 할머니는 밥 주는 것도 까먹고 누워만 있다.

저녁이 다 되어서야 며느리가 멀찌감치 밥을 놔뒀다. 나도 자존심이 있다. 그래서 안 먹으려고 했는데, 절뚝거리는 뒷다리가 그쪽으로 가 버렸다.

정신을 차렸을 땐 그릇이 텅 비어 있었다.

다음 날, 장흥댁 할머니와 서남봉 할아버지가 병문안을 왔다.

"저그 아래까지 돌아서 갈라니께 숨이 차 죽겠어."

장흥댁 할머니가 투덜거렸다.

"긍게, 개구멍은 누가 막아 부렀다요?"

자고로 할머니가 물었다.

"동 대표가 해찰을 부렸다요. 아랫동네서 이상한 애들 올라온담서."

"앞뒤 꽉 막힌 여편네를 봤나. 아랫동네만 올라오나. 우리도 내려가는디."

"내 말이……. 아니 삼팔선도 아니고 왜 막길 막냐고이!"

"동 대표인지, 똥 대표인지! 가만두나 봐라!"

자고로 할머니가 핏대를 세웠다.

'할머니, 진정하세요!'

내가 깡 짖었다.

"오메, 알궂다잉. 그나저나 밭에 심군 것들을 다 워쩨쓰까나."

자고로 할머니가 숨을 고르며 말했다.

"사람들이 문 맨들자고 난리여, 시방."

장흥댁 할머니도 분을 삭였다.

"동 주민 회의부터 열어야죠. 텃밭 가꾸는 사람들이 여럿 찬성할 겁니다."

서남봉 할아버지가 차분하게 거들었다. 아파트 터줏대감다운 제안이었다.

"암, 혀야지. 이참에 철조망을 뻥 뚫어 불자구."

자고로 할머니는 다시 기운이 펄펄 넘쳤다.

'체크, 자고로 할머니가 막힌 개구멍을 뚫으러 일어섰다.'

내 심장도 콩콩 뛰었다. 자고로 개구멍은 이 개 님이 다니시는 문이렷다.

이참에 시베리아허스키의 용맹함을 만천하, 아니 동 대표한테 보여 줄 테다.

뉴타운 아파트에는 '개구멍 뚫어파'와 '개구멍 막아파'가 생겼다.

아파트 형편에 밝은 서남봉 할아버지의 계산에 의하면, 딱 한 표가 '뚫어파'에게 부족했다. 그야말로 한 표가 아쉬운 상황이었다.

장흥댁 할머니는 며느리에게 잘 말해 보라며 자고로 할머니를 부추겼다. 할머니는 마지못해 응했다. 아픈 몸으로 나다니지 말라고 아들한테 한 소리 듣고 난 후 며느리와 더 서먹해졌는데 말이다.

"바쁘겠지만 와서 찬성표 좀 던져라잉."

동 주민 회의 전날, 자고로 할머니는 조심스레 며느리에게 당부했다.

"내일은 오후 출근이라 일찍 나오기 힘들어요."

"그래도 워찌케 안 되겄냐."

"어머니, 저도 부탁드릴게요. 저 들개라도 어떻게……."

며느리가 잠자는 개의 코털을 건드렸다.

'나 들개 아니거든요. 내 이름은 시베리안이거든요.'

화가 나서 냅다 짖었다.

며느리가 소파 위로 펄쩍 뛰어올랐다.

"텃밭 가꾼다고 무리하다가 다치시고. 제가 얼마나 속상한지 아세요?"

며느리가 단단히 별렀나 보다.

'할머니 혼쭐을 내 놔요. 어서어서!'

나도 지지 않고 바득바득 대들었다. 하지만 내 말은 씨도 안 먹혔다.

"그랴, 알았당께."

자고로 할머니가 순순히 져 줬다.

'설마 저를 버리는 건 아니죠?'

내가 짖어 대자 자고로 할머니가 나를 안고 구석방으로 들어갔다.

그날 밤, 할머니의 없는 게 없는 가방이 방문 옆에 놓였다.

'할머니 가출할 때 하더라도 개구멍은 뚫고 가요, 깡!'

나는 밤새 없는 게 없는 가방을 지켰다.

"며느리는 여태 안 오는 겨?"

장흥댁 할머니가 괘종시계와 자고로 할머니를 번갈아 봤다. 8시가

다 되어 간다. 투표 시간이 임박했다.

"나도 속이 보짝보짝 타 부러, 시방."

자고로 할머니가 마른 손을 만지작거렸다.

나도 투표하게 해 달라고 짖었다.

"워메. 죄송헙니다. 조용 못 허냐?!"

할머니는 애꿎은 나만 치마 속으로 밀어 넣었다.

"자, 충분히 의견을 나누신 것으로 알고요. 투표를 시작하……."

서남봉 할아버지가 투표를 진행하려는 찰나였다.

벌컥 문 열리는 소리가 났다.

동 주민 회의에 모인 사람들 눈이 동시에 입구를 향했다. 서로 자기 편이 한 명이라도 왔는지 살피는 거다.

"늦어서 죄송합니다."

숨을 헐떡이며 한 여자가 들어왔다. 며느리였다.

자고로 할머니가 반가워서 두 손을 꽉 쥐었다. 졸지에 등덜미를 잡혔다. 깨갱!

"오메, 미안혀."

자고로 할머니가 손힘을 풀었다. 굳었던 입가도 빙그레 풀렸다.

투표는 어떻게 됐냐고?

물론 술술 잘 풀렸다. '뚫어파'의 극적인 승리.

그런데 한 가지 풀리지 않는 의문이 있다. 한 표가 아닌 두 표가 차이 났다는 것. 막아파의 누군가가 배신을 하고 찬성표를 던졌다는 건

데?

궁금했지만 곧 까먹었다. 할머니가 없는 게 없는 가방에서 꺼내 준 참치 통조림을 먹느라 말이다. 명식이네 할머니는 고작 사료 따위나 주었는데, 짭조름하고 비리고 고소한 이 맛은!

나는 빈 깡통을 싹싹 핥아먹었다.

요즘 없는 게 없는 가방은 내내 열려 있다. 그 속에서 손톱깎이, 곶감, 한복, 박하사탕 들이 줄줄이 나왔다. 물건들은 옷장과 서랍을 채우고 구석방 밖으로 진출해 주방까지 채웠다.

하루는 자고로 할머니가 가방에서 내온 찹쌀가루로 쑥버무리를 만들어 며느리에게 대접했다. 둘은 각자 아들과 남편 흉을 보느라 바빴다.

'체크, 자고로 할머니가 드디어 이 집에 살기로 했다.'

가출이 물 건너갔으니, 나는 그 틈에 큰방까지 진출했다. 며느리는 나를 본체만체했다. 그래요, 우리 당분간 거리를 두고 지켜봐요.

간혹 할머니의 가방이 방문 옆에 놓일 때도 있다. 그렇지만 자고로 할머니도 알고 나도 안다. 저 가방이 방문을 넘지는 않을 거라는 걸.

드디어 철문이 생겼다. 할머니도 오가기 쉽게 나무 계단까지 생겼다. 아랫마을 텃밭은 인기가 많아서 사람들이 줄을 섰다.

참, 철문이 열리는 날 승찬이를 만났다.

승찬이는 내 얼굴을 자기 볼에 마구 비벼 댔다. 이 세상에서 제일 아껴 줄 것처럼. 심지어 펑펑 울어서 내 귀한 털을 눈물범벅으로 만들어 놓았다.

오 마이 독. 그걸 믿다니.

돌아온 지 일주일도 안 됐는데 나는 다시 개밥에 도토리 신세가 되었다. 녀석에게 새 게임기가 생겼기 때문이다.

그럴 때면 자고로 할머니도, 할머니의 없는 게 없는 가방도 그립다. 끝까지 나를 개 새끼라고 부르던 할머니. 어쩔 땐 끝까지 나를 무서워하던 며느리와 민율이도 찔끔, 알고 보니 1503호의 서열 꼴찌였던 아들까지도 보고 싶어진다니깐.

유민이 이야기

나는 보이다

엄마는 스토커다.

나만 쫓아다니는 스토커.

탁 탁 탁, 엄마 발소리다.

틱 틱 틱, 닫힘 버튼을 힘차게 눌렀다. 게임 버전으로 빠르게.

하지만 닫히던 엘리베이터 문이 열렸다.

"아, 해. 아!"

엄마가 오른손을 내 쪽으로 뻗었다.

사탕 먹는 아이처럼 입을 벌렸다. '영양제 먹기 싫단 말이야.' 엄마
한테 정말 하고 싶은 말은 늘 목구멍 속으로 숨는다.

"그래, 착하지. 우리 둥이."

엄마가 물이 든 컵을 건넸다.

1일 1회 6정, 면역력 증진에 좋은 영양제. 여섯 알을 먹으면 속이 더부룩하다.

나는 면역이 남들보다 결핍된 채 태어났다. 다행히 골수 이식을 받아 지금은 거의 정상이다. 하지만 엄마의 염려증은 나아지지 않았다.

나보다 훨씬 증세가 심했던 데이비드란 애는 작은 병균도 치명적이어서 태어나자마자 멸균 처리된 투명 플라스틱 공 안에서 살았다고 한다. 훗날 사람들은 그 애를 '버블 보이(Bubble Boy)'라고 불렀는데, 그 버블 보이가 바로 나 같다. 엄마는 엄마가 만든 버블 속에 나를 자꾸 가두려고 든다.

"진짜 혼자 갈 수 있겠어?"

엄마가 거듭 물었다. 네, 네. 나도 거듭 답했다.

"네, 진짜로요!"

엄마는 세 번째 다짐을 받고서야 나를 놔줬다. 드디어 혼자 학교에 갈 생각에 신이 났다.

"다녀오겠습니다!"

고개를 넙죽 숙였다. 엄마 맨발이 보였다. 뭐가 급하다고 맨발로 나
와……. 아빠가 지방으로 발령이 나면서 엄마의 간섭과 참견은 더 심
해졌다.

나는 게다가 '늦둥이'다. 오랫동안 아기가 안 생겨서 고생하다 마흔
살 엄마가 열 달을 채우지 못하고 낳은 '팔삭둥이'에, 아빠의 '귀염둥
이'까지 도맡았다. 하지만 어느 '둥이'도 내가 원한 건 없다.

아직도 '둥이야' 하고 불릴 때마다 우웩. 엄마, 나 5학년이라고요.

제발 이유민으로 불러 줘요.

　5학년이 되어 가장 좋은 건 껌딱지 엄마를 떼어 낸 거다. 신학기 때 였다.

　"어머님, 유민이 교육상 좀 곤란합니다."

　대쪽 같은 선생님의 한마디에 교실을 나가던 엄마. 뒷문이 닫 히자마자 나는 씩 웃었다. 이제 갖은 핑계를 대서 받은 출 입증으로 교실까지 오는 일은 없겠다. 스토커, 안녕.

어느덧 은하수 문방구까지 왔다. 엄마와 다닐 때는 그냥 지나쳤던 뽑기의 축구 스타 씰이 눈에 들어왔다. 장난치며 등교하는 애들도 신나 보인다. 나도 쟤들처럼, 혼자 다 해 볼 거다.

맨 먼저 하고 싶은 건 현장 체험 학습! 나는 여태 현장 체험 학습을 못 가 봤다. 호흡기 바이러스에 취약하다는 엄마의 염려 때문이었다.

1학년 때는 현장 체험 학습 대신 온천에 갔다가 뜨거워 죽는 줄 알았다. 2학년 때는 수목원에서 심심해 죽는 줄 알았다. 3학년 때는 또 어떻고. '박물관이 살아있다'에 갔지만 사진 찍히느라 죽는 줄 알았다.

4학년 때는 고집을 부려 집에 있었다. 그때 굳게 결심했다. '5학년 현장 체험 학습은 하늘이 두 쪽 나도 가고 말 테다!' 하고.

어느새 학교 정문 앞까지 왔다. 운동장으로 들어가다 휙 고개를 돌렸다. 후다닥 골목으로 들어가는 아줌마, 주황색 스카프를 보니 엄마다. 안 따라오기로 해 놓고선. 거짓말쟁이 스토커. 어디 누가 이기나 보자. 이번에는 꼭 간다, 현장 체험 학습!

체육 시간에 축구를 했다. 승찬이는 우리 반 에이스다. 큰 키에 누구보다 빠르고 특히 축구를 잘한다. 작고 느리고 축구 못하는 나하고는 정반대.

애랑 친구 하고 싶다는 애들이 많다. 나도 그중 하나다. '마마보이'라는 꼬리표를 떼려면 승찬이랑 사귀는 수밖에 없다. 얼마 전 '비실맨'도 에이스와 친해지면서 양석호로 돌아왔었다.

승찬이는 스트라이커답게 전반전에만 두 골을 넣었다. 나도 기회를 엿보며 골대 근처에 있었다.

드디어 후반전 휘슬이 울리자마자 내 앞으로 공이 굴러왔다. 노 마크 찬스. 나는 골대를 향해 달리기 시작했다. 그때였다.

"비켜!"

승찬이가 소리치며 내 쪽으로 돌진해 왔다. 그러더니 순식간에 공을 가로챘다. 아니, 같은 편이니까 패스라고 치자. 그런데 내가 그만 승찬이 다리에 걸려 넘어지고 말았다. 그 바람에 무릎이 까졌다.

"미안!"

승찬이가 골을 넣고 뛰어와서 나를 일으켜 줬다. 굿 찬스다. 골은 놓쳤지만 친구는 놓칠 수 없지!

"잘했어! 3대 0!"

내가 활짝 편 손바닥을 쳐들었다. 승찬이가 하이파이브를 했다.

"괜찮아?"

"괜찮고말고. 별로 안 다쳤어."

나는 정말 괜찮았지만, 상처를 본 엄마는 괜찮지 않았다.

다음 날 학교 앞까지 쫓아온 엄마가 승찬이를 교문 앞에서 불렀다.

"물론 일부러 그런 건 아니겠지만 좀 더 조심해 줄래? 보다시피 우리 둥이, 아니 유민이는 몸이 약해서 말이야. 아줌마가 부탁할게."

엄마는 우아한 목소리로 타이르듯 말했지만, 나는 고개를 들 수가 없었다. 마마보이 별명을 떼려다 마마보이라는 걸 입증하고 말았다. 쪽팔려 죽겠다.

다음 날 등교하자마자 승찬이한테 사과했다. 축구 스타 카드도 열다섯 장이나 내밀었다. 그만큼 간절했다. 하지만 승찬이는 내 카드를 내동댕이쳤다.

"엄마한테 또 일러 보시지."

"이, 이른 거 아냐. 믿어 줘."

"믿어 달라면서 이딴 거나 내미냐!"

승찬이가 가슴을 밀쳤다. 나는 카드 위에 널브러졌다. 눈물이 났지만 울지는 않았다. 임승찬, 지가 에이스면 다야!

"게시판 앞에서 뭐 하니?"

경비실 쪽에서 소리가 들렸다. 엘리베이터를 기다리다 돌아봤다. 경비 아저씨가 문을 열고 내다보고 있었다.

"이거 붙여도 돼요?"

승찬이가 경비실로 달려가 종이 한 장을 내밀었다. 경비 아저씨가 종이를 훑어보고 돌려줬다.

"동 대표 도장을 받아야 게시판에 붙일 수 있다."

경비 아저씨가 사무적으로 말했다. 승찬이가 종이를 든 채 뻘쭘하게 서 있었다.

동 대표는 바로 우리 엄마다. 임승찬이 도장을 받으러 오면 엄마는 뉴타운 주민만 붙일 수 있느니, 그게 원칙이라 어쩔 수 없느니 하면서 우아하게 거절할 거다.

"아저씨, 혹시 모르니까 드리고 갈게요."

승찬이가 종이를 경비실에 던져 놓고 도망치듯 가 버렸다.

그때 엘리베이터가 1층에 도착했다. 나도 사람들을 따라 탔다.

자꾸 승찬이가 옆에 있는 것 같다. 야, 임승찬! 너도 스토커냐? 왜 자꾸 거슬리게 따라붙는데…….

나는 머리를 세차게 흔들어서 녀석을 떼어 냈다. 하지만 경비실에 아무렇게나 떨어져 있을 종이 생각까지는 떨치지 못했다.

엄마한테 문방구에 간다고 둘러대고 공터로 나왔다. 예상대로 축구를 하고 있는 승찬이가 보였다.

경비실에서 종이를 가져오길 잘했다. 엄마를 졸라 도장을 받아 주겠다고 해야지. 저번에는 축구 카드로 환심을 사려고 했지만, 이번에는 개가 정말 원하는 걸 해 주고 싶다.

승찬이한테 말을 걸려고 골대를 어슬렁거릴 때였다.

"뭉치, 할머니랑 있다. 뭉치 있다."

말투가 좀 이상한 형이 먼저 승찬이를 붙잡았다.

"왜 승찬이한테 그래요?"

내가 나서서 편들어 줬다. 승찬이에게 잘 보일 좋은 기회다.

승찬이랑 티격태격하던 형이 내 손을 잡아끌었다. 너무 갑작스러웠다. 아마 내가 편을 드니까 승찬이 절친이라고 생각한 모양이다.

맙소사!

어느 틈에 나타난 엄마가 나를 낚아챘다. 또, 또. 날 따라다녔군.

엄마가 형을 나무랐다. 그러자 승찬이가 나서서 형 편을 들었다. 그 형은 알고 보니 승찬이의 친척이었다.

"너 몇 동 살아? 저번에 유민이 다치게 한 일도 그렇고, 오늘은 부모님 좀 봬야겠다!"

큰일 났다. 글쎄, 엄마가 승찬이까지 싸잡아 혼냈다.

승찬이가 말없이 버티자 엄마가 재촉했다.

"아랫동네에서 왔는데요."

고개 숙인 승찬이가 작은 목소리로 말했다.

"요, 아랫동네? 그런데 왜 여깄니? 응?"

엄마는 나쁘다.

나쁜 의도로 거듭 묻자, 구석에 몰린 승찬이가 고양이를 무는 쥐처럼 대들었다.

"내가 어디서 살든 아줌마가 무슨 상관이에요?"

"어머, 얘 말버릇 좀 봐!"

엄마는 기가 차서 씩씩댔다.

소란한 소리를 듣고 경비 아저씨가 뛰어왔다.

"아저씨, 저 아래 개구멍 좀 막으세요."

"안 돼요. 뭉치 찾아야 한단 말이에요!"

승찬이가 울먹이면서 소리를 내질렀다.

"얘가 왜 이래."

엄마가 놀라 한 발짝 물러섰다.

"흐엉. 안 돼요! 안 돼!"

승찬이가 울음을 터트렸다. 우리 반 에이스가 엉엉 울었다.

하마터면 나도 울 뻔했다. 울지 않으려면 소리라도 질러야 했다.

"엄마, 쫌!"

엄마 눈이 휘둥그레졌다.

"승찬이 강아지 찾아야 한다잖아! 아이, 쪽팔려!"

목구멍에서 눌러 왔던 말이 튀어나왔다.

"이유민, 너?!"

놀란 엄마가 얼떨떨한 표정으로 서 있었다. 그러더니 말을 모는 기수처럼 제멋대로 나를 끌고 갔다.

엉거주춤 뒤돌아보았다. 엄마를 째려보는지, 나를 째려보는지, 승찬이 눈에서 레이저가 발사됐다.

이제 에이스하고 사귀긴 다 틀렸다. 축구 카드 아니라 손흥민 사인
을 받아 와도 이제는 어림없겠다.

그날 밤, 자려고 누웠는데 우는 승찬이 얼굴이 자꾸 어른거렸다. 진
짜 이 녀석, 스토커 맞다.

그런데 싫지가 않다. 약골에다가 마마보이라고 놀림받는 나 같았

다. 기꺼이 울보 승찬이를 돕고 싶어졌다.

이불을 박차고 책상 서랍에서 승찬이가 가져왔던 종이를 꺼냈다.

강아지를 찾습니다.

이름은 뭉치.

크기는 두 주먹 정도.

복슬복슬한 하얀 털에 눈이 툭 튀어나왔는데

특히 눈 주위가 판다처럼 까맣습니다.

잃어버린 곳은 뉴타운 아파트 104동 놀이터 근처입니다.

찾아 주시는 분께는 조그만 사례를 드리겠습니다.

'승찬아, 내가 꼭 찾아 줄게.'

나는 불끈 핸드폰을 쥐었다.

먼저 종이 문구를 찍어서 당근에 올렸다.

당근 초보자는 중고 물건만 사고팔지만, 나 같은 고수는 다르다. 저번 축구 카드도 당근 '구해 주세요' 코너에서 얻은 거다.

이번에는 '분실/실종 센터'를 이용했다. 나중에 독립을 하게 되면

당근에서 방도 가구도 다 구할 계획이다.

다음 날부터 승찬이네 강아지를 찾아다녔다. 그 사건 이후 엄마 감시가 더 심해졌지만, 나도 한다면 한다. 학원 갈 때나 학교 갈 때도 뭉치를 찾으려고 눈을 번뜩였다.

또 하나, 엄마에게 작은 저항을 하기로 했다. 바로 영양제 먹지 않기. 먹는 척하면서 슬쩍 모아서 서랍에 숨기고 있다. 요즘 영양제를 끊었더니 오히려 힘이 솟는다.

오늘도 학원 가는 척 엘리베이터를 탔다. 엘리베이터가 15층에서 섰다. 아무도 안 타길래 닫힘 버튼을 눌렀다. 그때였다.

"잠깐만요."

엘리베이터 밖에서 소리가 났다. 열림 버튼을 눌렀다. 1503호 아줌마다. 뛰어오는 아줌마 뒤로 1503호 문이 닫히고 있었다. 그 순간이었다, 흰 강아지가 문틈으로 보인 건. 판다 눈까지 선명했다. 혹시 승찬이네 강아지? 재깍 조사를 시작했다.

"아줌마, 강아지 키우시나 봐요."

"아니."

1503호 아줌마가 짧게 답했다. 더는 묻지 말라는 신호 같았다.

그사이 엘리베이터가 1층에 섰다. 아줌마가 내리자마자 15층으로 올라가 1503호 초인종을 눌렀다. 낯익은 할머니가 문을 열었다. 뒤따라 강아지가 절뚝거리며 나왔다.

"할머니, 저 강아지 키우시는 거예요?"

"아녀, 저 아래 개구멍에서 주웠구먼. 철조망에 걸려서 이리 다치구."

생김새, 크기, 잃어버린 장소. 모든 것이 승찬이네 강아지와 딱 들어맞는다. 드디어 승찬이네 강아지, 뭉치를 찾았다!

"보세요, 주인이 강아지를 찾고 있어요!"

할머니한테 종이를 보여 드렸다. 그리고 현관에 앉아 두 팔을 벌리며 외쳤다.

"바로 이 강아지라고요, 뭉치, 뭉치!"

제 이름을 들은 강아지가 내 품으로 와 안겼다. 아주 작고 아주 따뜻했다. 몽글몽글 기분이 좋았다.

그런데 갑자기 팔뚝이 가렵고 재채기가 나왔다. 계속 나왔다. 얼굴

까지 시뻘게졌다.

놀란 할머니가 나를 집으로 데려갔다.

할머니가 초인종을 누르자 엄마가 문을 열었다. 내 꼴을 보자마자 엄마가 노발대발했다.

"개털이 호흡기에 얼마나 해로운지 알아?!"

"엄마, 그게 아니고……."

나는 정신을 차리고 자초지종을 말하려고 했다.

"실례가 많았습니다."

엄마는 무례하게 고개를 까딱하고 문을 닫아 버렸다.

"저, 저런 싹퉁머리 없는 여편네!"

할머니 욕이 들렸다. 할머니 죄송해요. 얼굴이 화끈거렸다.

엄마와 할머니는 얼마 전부터 서로 으르렁대는 사이다. 철조망에 문을 만드는 일 때문이다. 철조망을 뚫자는 할머니와 막자는 엄마 사이의 싸움은 내일 동 주민 회의로 결판난다.

"이게 뭐야? 뭐냐고?"

엄마가 거실 바닥에 무언가를 내던졌다.

좌르르, 알약들이 마룻바닥에 쏟아졌다. 안 먹고 처박아 둔 영양제였다.

"이상한 애랑 어울리더니, 너, 엇나가기로 작정했어?"

아무 죄도 없는 승찬이를 들먹이는 엄마가 미웠다.

"어린애 취급 마. 나 5학년이야, 제발 5학년답게 대해 줘."

"엄마가 너 케어하느라 얼마나 힘든 줄 알아?"

"누가 해 달랬어? 나 좀 내버려둬. 엄마는 모르지? 내가 마마보이라고 애들한테 놀림받는 거. 친구도 한 명 없단 말이야. 그래서 승찬이랑 사귀려고 했는데 쫓아다니면서 방해만 하고. 엄마는 스토커야!"

목구멍 속으로 숨었던 말이 몽땅 튀어나왔다. 시원하고 후련했다.

엄마 얼굴은 붉다 못해 검게 변했다. 엄마는 아빠와 싸웠던 어느 날처럼 손을 바르르 떨면서 안방으로 들어가 버렸다.

엄마는 또 한참 자겠지. 자고 일어나면 아무 일 없었던 것처럼 나를 다시 '둥이' 취급할 거다.

'엄마도 이만큼 힘드니까 참아 줘. 우리 둥이.'

이렇게 잠으로 말하고 싶은 거다. 엄마는!

이세 참는 건 지긋지긋하다.

나는 연습장 한 장을 북 뜯어 휘갈겨 썼다.

엄마, 나 둥이 안 할래요. 더는 시키는 대로 안 해요.
난 그냥 이유민이라고요.
찾지 마세요. 오늘부터 엄마한테서 독립합니다!

각종 영양제와 아토피 연고 같은 것들. 엄마와 연결된 물건을 몽땅 책상 위에 올려놓고 그 위에 쪽지를 보란 듯 두고 집을 나왔다.

우선 승찬이한테 뭉치를 찾았다고 알려 줘야 한다. 승찬이네 집도 전화번호도 모르니까 우리 둘 다 아는 곳, 일단 놀이터로 가자.

그다음에는 24시간 카페나 피시방에 갈 계획이다. 홧김에 나왔지만 왠지 오래전부터 준비한 가출 같다. 주머니 속 지폐를 꽉 쥐었다. 돈도 넉넉하다.

땅거미가 지는 놀이터는 낮에 보는 것보다 신비한 기운을 풍겼다.

나는 미끄럼틀 꼭대기까지 단숨에 올라갔다. 그리고 미끄러져 내려왔다. 바람이 시원하다 못해 차가웠다. 숨이 가쁘고 볼이 화끈할 만큼 신났다.

내친김에 그네도 탔다. 힘껏 도움닫기를 해서 공중으로 발차기를
했다. 발끝에 힘을 주고 킥을 날렸다. 마마보이 앞에 붙은 '마마'라는
글자를 뻥 차 버렸다. 엄마가 만든 버블도 뻥뻥 차 버렸다.

"나는 보이다!"

냅다 소리치며 그네를 노을 속으로 날렸다. 하늘을 나는 기분이다.

그때, 누가 "야!" 하고 불렀다.

승찬이가 왔나 하고 얼른 뒤돌아보았다.

"너, 이리 와."

시비를 거는 투였다. 승찬이가 아니었다.

'기죽지 마. 나는 보이다, 나는 보이다!'

주문과 함께 숨을 들이켰다.

가로등 아래쪽에서 우락부락하게 생긴 형이 걸어 나왔다.

나의 주문은 온데간데없이 사라졌다.

가랑가랑, 숨이 가빠 왔다. 얼굴이 홧홧했다.

"오랄 때 빨랑빨랑 못 오지!"

형이 때릴 듯 손을 들었다. 나도 모르게 어깨가 쪼그라들었다.

"가진 거 다 내놔!"

"네……?"

내가 우물쭈물하자 형이 멱살을 잡았다. 나는 가슴을 움켜쥐었다. 그런데 그만 멱살 잡은 형 손까지 잡아 버렸다.

"어라, 덤벼 보시겠다!"

큰 주먹이 얼굴로 날아왔다.

눈을 질끈 감았다. 오른쪽 뺨이 얼얼했다. 머리가 울렸다. 그때였다.

"동생 때리면 안 되는 거야!"

누군가 우락부락 형을 뒤에서 강하게 안았다. 승찬이네 형이다. 우락부락 형이 완벽하게 제압당했다. 승찬이네 형에 비하면 우락부락 형은 상대가 안 됐다.

나는 멱살에서 풀려났다. 바닥을 지탱해 줘야 할 다리에 힘이 풀렸다. 그 자리에 털썩 주저앉고 말았다.

숨이 가쁘고 가슴이 아팠다. 뭉치 찾았다고 말해 줘야 하는데, 뭉치, 뭉치……. 하늘이 빙글빙글 돌았다. 온몸이 땅속으로 꺼지는 것처럼 아뜩해졌다.

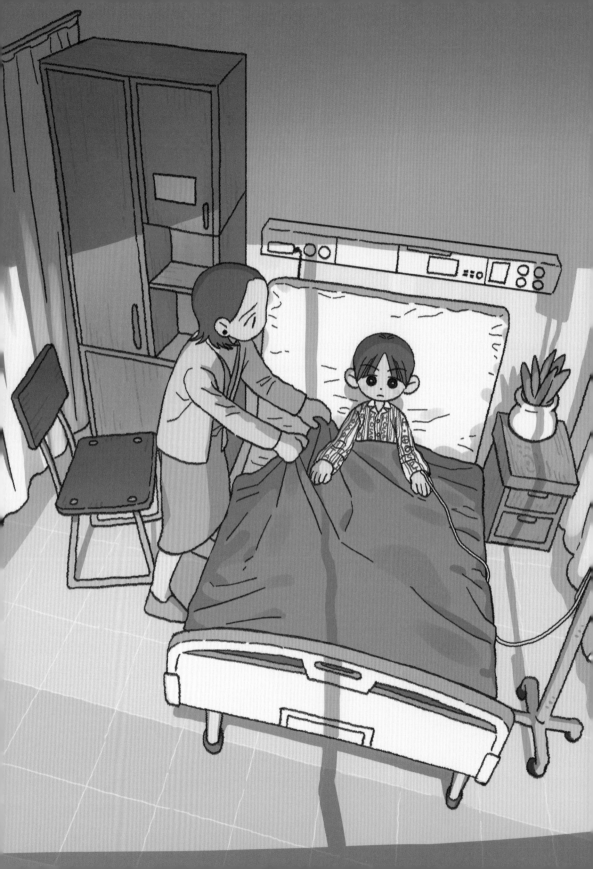

"미안해서 어쩌, 미안해서."

엄마가 허공에 대고 중얼거리고 있었다.

게슴츠레 눈을 떴다.

낡은 신발이 침대를 서성이고 있었다.

엄마를 봤다. 엄마는 내 눈길을 피하는 것으로 불만을 나타냈다.

겨우 몸을 일으키는데 링거 줄이 걸렸다. 병원이었다.

"더 누워 있어. 상태 좀 더 보고 퇴원할 거야."

엄마가 얇은 이불을 목까지 덮었다. 그러더니 주섬주섬 옷을 챙겨 입었다.

"아무래도 안 되겠다. 잠깐 다녀올게."

엄마는 이 와중에 동 주민 회의에 간다고 한다. 아픈 나를 두고 말이다. 내버려두라고 했지. 이렇게 혼자 버려두라고 했나? 쳇!

똑, 똑.

수액 떨어지는 걸 보며 엄마를 기다렸다.

"투표는 어떻게 됐어요?"

느지막이 돌아온 엄마한테 볼멘소리로 물었다. 엄마는 웃기만 했다.

"엄마, 승찬이네 강아지 1503호에 있어요."

엄마는 대답 대신 종이를 보여 줬다. 뭉치를 찾는 그 종이다.

"벌써 알렸지. 근데, 강아지가 안 가겠다고 버티나 봐. 그래서 할머니가 더 데리고 있기로 했대."

엄마 목소리가 아까보다 부드러웠다. 아니, 어딘가 뿌듯해하는 느낌이랄까.

다음 날 나는 말짱해진 채 퇴원했다.

갑갑한 병실에 있다가 집에 오니 완전 해방된 것 같다.

내 방, 책상, 침대, 학원 가방, 영양제 통들과 아토피 연고까지. 모두 그대론데 뭔가 미묘하게 다르다. 낯설고 새로운 이 느낌, 좋다. 독립이 별건가. 오늘부터 내 방으로 독립하는 거다.

얼마 후, 드디어 개구멍 대신 멋진 철문이 세워졌다!

오늘을 기념해 뭉치는 승찬이네로 돌려보내기로 했다. 내가 철문을 열고 맞은편에 서 있는 승찬이에게 안겨 줬다.

"아이고, 삼팔선이 뚫린 거맹키로 좋구먼! 허벌나게 좋아 부러!"

1503호 할머니가 가장 좋아하셨다.

엄마는 내가 또 기침을 할세라 못마땅해한다.

그러거나 말거나, 우리는 기념사진까지 찍었다.

그런데 예상하지 못한 일이 벌어졌다.

뭉치를 품에 안은 승찬이가 울음을 터트린 거다. 그것도 엉엉 대성
통곡을! 뭉치도 승찬이가 불편한지 벗어나려고 낑낑댔다.

그 모양이 우스꽝스러워서 피식피식 웃음이 났다. 울보 내 친구, 아
무래도 승찬이는 내가 지켜 줘야 할까 보다.

그때 '카톡, 카톡' 알림이 울렸다. 승찬이네 형이었다.

"승찬아, 카톡에서 '고만, 고만' 하는 거 같아. 그만 울자."

내가 달랬다.

승찬이가 카톡을 열었다. 프로필 속 형이 웃고 있었다.

'굿모닝 커피'라는 아이디에 어울리게 바리스타 앞치마를 차려입고
서.

우리가 사진을 보냈다.

뭉치 많이 컸죠?

  - 응. 저번에 만든 개구멍으로는 못 다니겠어. 문이 생겨서 아주 다행이야.

언제 올 거예요?

  - 형이 복지관 카페에 취직해서 당분간은 어려워. 다음에 할머니 병원 가실 때 함께 갈게. 형 갈 때까지 잘 돌봐 줘.

귀찮지만 할 수 없지. 뭐.

  - 또, 또 그런다. 형한테 예의를 지키랬지.

네. 명식이 형^^

카톡 속 형은 쿵쿵거리거나 말을 더듬지 않는다. 놀이터에서 나를 지켜 주던 모습 그대로다. 이렇게 멋진 형이 만들어 주는 커피는 얼마나 멋진 어른의 맛일까?

빨리 어른이 되고 싶다. 보이에서 맨이 되는 지름길을 찾아 단숨에 달리고 싶다.

드디어 오늘 현장 체험 학습을 간다.

장소는 아랫동네 습지 공원이다. 원래 여기에 도로가 깔릴 계획이었다고 한다. 그런데 뉴타운 아파트에 사는 몇몇 주민들이 늪을 지키기 위해 노력한 덕분에 습지의 가치를 세상에 알렸다고 선생님이 체험 학습 전날 말해 주었다.

"우리나라에서 가장 오래된 늪이래. 공룡 시대까지 거슬러 올라갈 정도로 아주 오래되었대."

승찬이가 자랑스레 말하던 게 떠올랐다. 브라키오사우루스 무리가 한가롭게 습지 물을 마시는 모습을 상상만 해도 멋지다! 이렇게 멋진 놀이터가 가까이 있었다니! 아랫동네 사는 승찬이가 부럽다.

집을 나와 막 엘리베이터를 타려고 할 때였다.

"이유민, 아, 해."

언제 나왔는지, 울 엄마 또 이런다.

안 먹겠다는 뜻으로 입을 비죽 내밀었다.

"안 돼, 아직은!"

둥이는 떼어 냈지만, 여전한 울 엄마.

하지만 엄마의 염려증도 차차 나아지겠지. 나의 면역력이 차츰 강해지는 것처럼.

나는 영양제를 삼키고 집결지로 향했다.

놀이터에서 기다리던 승찬이가 대장처럼 으스대며 앞장섰다.

"야, 같이 가!"

나는 뒤질세라 철문을 지나 아랫동네로 뜀박질했다.

컹!

'시베리안 뭉치 승찬이 양말 개조아.'

새로 지은 내 이름 어때?

하루는 승찬이가 축구 양말을 벗었는데 그 냄새가 정말 끝내주더란 말이지.

그래서 좋아하는 걸 족족 이름에 붙였더니 이렇게나 길어졌어. 컹컹!

어? 내 개 소리가 왜 이래?

이게 인간 소년한테 온다는 고약한 변성기인 거야?

컹컹! 컹컹!

작가의 말

개구멍을 넘나들며 작가의 꿈을 키웠습니다. 어른 중 그 누구도 집의 크기나 값으로 저를 가늠하지 않았습니다. 덕분에 경계 없이 자랄 수 있었습니다.

한강 작가님 한 분으로 만족할 수 없습니다. 더 많은 노벨 문학상 수상자가 나올 수 있도록, 철조망으로 선 그어진 세상에 우주만큼 커다란 개구멍을 뚫고 싶습니다. 칼보다 강하고 꽃보다 아름다운, 글의 힘을 믿습니다.

어린 사 남매에게 행복을 주었던 해피에게 늦은 사과를 보냅니다. 지각할까 봐 뭉치를 겁주는 승찬이는 사실 제 어린 모습 그대로입니다. 해피는 집에 오지 못했지만, 뭉치는 집으로 돌아와 즐거운 개의 삶을 이어 가게 해 주고 싶었습니다.

덧붙여, 혼자 남은 남기 오빠에게 안녕을 보냅니다. 오빠보다 딱 하루만 더 살고 싶다고 하셨던 큰고모는 하늘나라로 가셨습니다. 손도 크고, 목소리도 크고, 그만큼 사랑도 컸던 큰고모에게 이 이야기를 드립니다.

2024년 10월

문은아

개구멍을 뚫어라

초판 인쇄 2024년 10월 24일 | 초판 발행 2024년 11월 5일

글 문은아 | 그림 불곰
펴낸이 양정수 | 편집 최현경, 윤수지 | 디자인 추진우 | 마케팅 양준혁, 변수현
펴낸곳 노란상상 | 등록 2010년 1월 8일 (제2010-000027호)
주소 서울시 영등포구 양평로 157, 1703호
전화 02-797-5713(영업부), 02-2654-5713(편집부)
팩스 02-797-5714 | 전자우편 yyjune3@noransangsang.com

ISBN 979-11-93074-45-9 73810

공급자 적합성 확인
제품명 : 노란상상 동화책 | 제조자명 : 노란상상
제조국명 : 대한민국 | 전화번호 : 02-797-5713
주소 : 서울시 영등포구 양평로 157, 1703호
제조년월 : 2024년 11월 5일 | 사용 연령 : 8세 이상

※ KC 마크는 이 제품이 공통 안전 기준에 적합하였음을 의미합니다.
※ 책의 모서리가 날카로워 다칠 수 있으니 던지거나 떨어뜨려 다치지 않도록 주의하세요.